你醒了嗎?

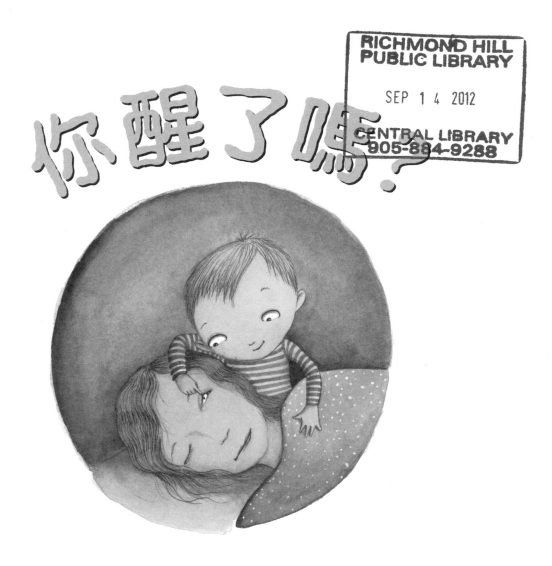

文‧圖／蘇菲‧布萊克沃　譯／黃迺毓

Ｑ 上誼

媽媽？

嗯？

媽媽？

什麼事，阿弟？

媽媽，你醒了嗎？

嗯──還沒。

為什麼妳還沒醒來？

因為我在睡覺。

為什麼妳在睡覺？

因為現在還是晚上。

為什麼現在還是晚上？

因為太陽還沒出來。

為什麼太陽還沒出來？

因為星星還掛在天上。

為什麼星星還掛在天上？

因為現在是晚上。

喔。

我現在可以吃早餐了嗎？

不行。

為什麼不行？

因為我們沒有牛奶了。

我們可以去買啊！

不行。

為什麼不行？

因為街角的商店還沒開門。

為什麼還沒開門？

因為

現在還是晚上。

為什麼現在還是晚上？

因為太陽還沒出來。

為什麼太陽還沒出來？

因為鬧鐘還沒響。

為什麼鬧鐘還沒響？

因為現在是晚上。

喔。

媽媽？

嗯？

爸爸醒著嗎？

希望他是醒著的。

為什麼妳希望他是醒著的？

因為他在開飛機。

為什麼他在開飛機？

他要載人到他們想去的地方啊！

可是他們為什麼要晚上去呢？

這樣他們才能早上到呀！

現在是早上了嗎？

還沒。

為什麼還沒？

因為現在還是晚上。

為什麼現在還是晚上？

因為太陽還沒出來。

為什麼太陽還沒出來？

因為月亮還掛在天上。

為什麼月亮還掛在天上？

因為現在是晚上。

喔。

媽媽？

什麼事？

妳喜歡黃色嗎？

嗯，我喜歡黃色。那你喜歡黃色嗎？

喜歡，我最喜歡黃色了。

為什麼你最喜歡黃色？

因為有很多東西都是黃色的。

有哪些東西是黃色的呢？

香蕉是黃色的，計程車也是，

而且我有一條黃色的橡皮筋。

還有呢？

狗是黃色的。

不是吧？

黃狗就是黃色的。

你可以告訴我還有什麼東西是黃色的嗎？

嗯，校車和金絲雀是黃色的。

蛋黃是黃色的，乳酪和玉米是黃色的。

還有一些東西不一定是黃色的，但也可以是黃色的，

像是衣服和襪子，還有積木和玩具。

不過，你知道最鮮艷的黃色是什麼東西嗎？

最鮮豔的黃色是早晨的太陽。

阿弟？

給小蛋兒，
很多年以前，
在一個漫長的夜晚，
你睡不著…

ARE YOU AWAKE?

by Sophie Blackall

Copyright © 2011 by Sophie Blackall

Published by arrangement with Henry Holt and Company, LLC.

All rights reserved.

中文版授權　上誼文化實業股份有限公司　出版發行

你醒了嗎？

文‧圖／蘇菲‧布萊克沃　譯／黃迺毓

發行人／張杏如　總編輯／廖瑞文　產品企劃／劉維中、曾于珊

執行編輯／許婉鈴　美術編輯／李莉麗　生產管理／黃錫麟

出版／上誼文化實業股份有限公司　地址／台北市重慶南路二段75號

電話／(02) 23913384〈代表號〉　網址／http://www.hsin-yi.org.tw

客戶服務／service@hsin-yi.org.tw　客服電話／0800-238-038

郵撥／10424361　上誼文化公司　定價／220元

2012年6月初版　ISBN／978-957-762-523-6